Yf 8 11

CONVERSATIONS

DES

GENS DU MONDE,

DANS TOUS LES TEMS

DE L'ANNÉE.

CONVERSATIONS

DES

GENS DU MONDE,

DANS TOUS LES TEMS DE L'ANNÉE.

LE PRINTEMS.

TOME SECOND.

A PARIS,

A l'Imprimerie Polytype, rue Favart, lettre K.,
Et chez les Marchands de Nouveautés.

1 7 8 6.

JOURNÉES

LA VACANCE

DES

SPECTACLES.

PREMIÈRE JOURNÉE.

PERSONNAGES.

M. DE SAINT-ARLI, père.

Mme. DE SAINT-ARLI.

LA COMTESSE.

LA BARONNE DE FLINGUES.

Mme. DE PERANGIE.

M. DE SAINT-ARLI.

LE PRÉSIDENT.

M. DE VAUBOIS.

RIRI, enfant.

LA BONNE.

DUPRÉ, Valet-de-Chambre de Mme. DE SAINT-ARLI.

La Scène est chez Madame de Saint-Arli.

LA VACANCE
DES SPECTACLES.
PREMIÈRE JOURNÉE.

SCÈNE PREMIÈRE.

M. DE SAINT-ARLI, LE PRÉSIDENT.

M. DE SAINT-ARLI.

ENTRE donc ici, Président.

LE PRÉSIDENT.

C'est que j'attendois ces Dames.

M. DE SAINT-ARLI.

Elles ne viendront pas si-tôt.

A 4

LE PRÉSIDENT.

Pourquoi donc ?

M. DE SAINT-ARLI.

N'y a-t'il pas l'Audience des Ouvriers, des Marchands ?

LE PRÉSIDENT.

Ah ! oui.

M. DE SAINT-ARLI.

Parbleu, tu as bien fait de venir nous demander à dîner.

LE PRÉSIDENT.

Je craignois de ne te pas trouver.

M. DE SAINT-ARLI.

Ils n'ont jamais voulu me laisser aller à la Campagne ces fêtes, parce que mon beau-frère part pour son Régiment.

LE PRÉSIDENT.

Il est bienheureux ! moi, j'ai réellement affaire ici.

M. DE SAINT-ARLI.

Mais n'êtes-vous pas en vacances, cette quinzaine ?

LE PRÉSIDENT.

Sans doute; aussi ce n'est pas une affaire de Palais qui me retient.

M. DE SAINT-ARLI.

Pourquoi n'étois-tu donc pas Vendredi à Long-champs?

LE PRÉSIDENT.

Et j'y étois à cheval, je t'ai parlé.

M. DE SAINT-ARLI.

Cela est vrai.

LE PRÉSIDENT.

N'avons-nous pas vu ensemble cette voiture angloise si extraordinaire, que Bienville a achetée, parce que personne n'en vouloit?

M. DE SAINT-ARLI.

Et pourquoi cela?

LE PRÉSIDENT.

C'est qu'elle ne vaut rien du tout; nous l'avons suivie deux heures, croyant toujours qu'elle alloit rompre,

M. DE SAINT-ARLI.

Qu'eſt-ce qui étoit dedans ?

LE PRÉSIDENT.

C'étoient les quatre Gilets.

M. DE SAINT-ARLI.

Pourquoi donc les nomme-t'on comme cela ?

LE PRÉSIDENT.

Ma foi, je n'en ſais rien ; c'eſt ſûrement parce bu'ils ont été des premiers à en porter, & qu'on les voit toujours enſemble.

M. DE SAINT-ARLI.

Il eſt vrai que cette mode-là ne vient pas de la Cour.

LE PRÉSIDENT.

Elle a pourtant fait fortune avec les gens qui en ſont.

M. DE SAINT-ARLI.

Oüi, à préſent elle eſt entièrement reçue.

LE PRÉSIDENT.

Mais, c'eſt qu'il n'y a rien de ſi commode.

M. DE SAINT-ARLI.

C'eft ce qu'on dit toujours de toutes les modes nouvelles.

SCÈNE II.

Mᵐᵉ. DE SAINT-ARLI, M. DE SAINT-ARLI *pere*, LE PRÉSIDENT, M. DE SAINT-ARLI.

Mad. DE SAINT-ARLI.

En bien, Monfieur le Prefident, vous vous chauffez ?

LE PRÉSIDENT.

Ma foi, Madame ; c'eft qu'il fait froid comme en plein hiver.

Mad. DE SAINT-ARLI.

On n'a jamais vu un tems comme cela à Pâques !

M. DE SAINT-ARLI *pere.*

On dit toujours, quand nous y ferons, nous ferons fauvés, & il a encore gelé cette nuit & affez fort.

LE PRÉSIDENT.

A cela près, on me mande qu'il fait affez beau à la Campagne, qu'il y fait fec.

M. DE SAINT-ARLI *père.*

Oui ; mais l'humidité eft dans l'intérieur ; rien n'eft fi mal-fain, & l'on a tort de s'y expofer.

Mad. DE SAINT-ARLI.

Préfident, aimez-vous toujours la mufique ?

LE PRÉSIDENT.

Oui, Madame ; j'en fais très-fouvent, & d'ex-cellente !

Mad. DE SAINT-ARLI.

Eft-il vrai qu'il y a une Chanteufe Italienne au Concert, comme il n'y en a jamais eu ?

LE PRÉSIDENT.

C'eft-à-dire, Madame, à certains égards ; c'eft une belle voix ; mais elle chante trop à la fran-çoife.

Mad. DE SAINT-ARLI.

Qu'appellez-vous chanter à la françoife ?

LE PRÉSIDENT.

C'eft-à-dire, qu'on ne la croiroit pas Italienne.

M. DE SAINT-ARLI.

Oui, on ne pourroit pas la contrefaire?

LE PRÉSIDENT.

Non, fa voix fort entièrement.

M. DE SAINT-ARLI.

C'eft qu'il contrefait à merveille, le Préfident ;
c'eft fon grand talent.

Mad. DE SAINT-ARLI.

Ah! voilà ma fille!

SCÈNE III.

**Mme. DE SAINT-ARLI, LA COMTESSE,
LE PRÉSIDENT, M. DE SAINT-
ARLI père, M. DE SAINT-ARLI.**

LA COMTESSE.

OUI, me voilà ; j'ai voulu aller m'habiller tout
de fuite.

M. DE SAINT-ARLI *père*.

Vous appellez cela être habillée ?

LA COMTESSE.

Oui, papa ; on va par-tout en mousseline, en toile, depuis long-tems.

M. DE SAINT-ARLI *père*.

Oui, dans sa Loge, aux Spectacles publics ; mais à une Comédie particulière, & chez quelqu'un que l'on ne connoît pas ?

LE PRÉSIDENT.

Cela est reçu, Monsieur.

M. DE SAINT-ARLI *père*.

Ma foi, je ne m'y accoutumerai jamais.

LA COMTESSE.

Je ne sais pas pourquoi ; rien n'est si commode.

M. DE SAINT-ARLI *père*.

Cela peut être commode ; mais je ne le trouve pas décent.

Mad. DE SAINT-ARLI.

Où est donc votre enfant, ma fille?

LA COMTESSE.

Sa Bonne va l'amener tout-à-l'heure.

LE PRÉSIDENT.

Il doit être grand, à présent, Madame la Comtesse?

LA COMTESSE.

Mais, sûrement ; vous le verrez.

LE PRÉSIDENT.

Parle-t'il?

LA COMTESSE.

Comment, s'il parle! Il a de la mémoire, & il en aura même beaucoup.

LE PRÉSIDENT.

Ah! je vous demande pardon.

M. DE SAINT-ARLI *père.*

Ne sait-il pas une Fable, ma fille?

LA COMTESSE.

Il en sait bien deux, papa.

LE PRÉSIDENT.

Et comment s'appelle-t'il ?

LA COMTESSE.

Riri.

LE PRÉSIDENT.

Pourquoi, Riri ?

LA COMTESSE.

Parce que son père s'appelle le Comte Henri, & qu'il a le même nom.

LE PRÉSIDENT.

Mais, le frère du Comte s'appelle le Marquis d'Ormaillé.

LA COMTESSE.

Oui, & lui, le Comte Henri, pour les diftinguer.

LE PRÉSIDENT.

Vous êtes donc la Comteffe Henri, vous, Madame ?

LA COMTESSE.

Sùrement.

LE

LE PRÉSIDENT.

Je ne comprends pas cela. D'abord qu'il y a le Marquis & le Comte, les voilà diftingués.

LA COMTESSE.

Oui ; mais ils ont tous deux des enfans.

LE PRÉSIDENT.

Je le fais bien.

M. DE SAINT-ARLI *père.*

Tenez, Monfieur le Préfident, je vais vous expliquer cela tout-à-l'heure, moi.

LE PRÉSIDENT.

Je vous en ferai obligé.

M. DE SAINT-ARLI *pere.*

Rien n'eft plus facile, & vous allez l'entendre tout de fuite.

LE PRÉSIDENT.

J'écoute.

M. DE SAINT-ARLI *père.*

Prenez votre Almanach, & vous verrez que les

B

Princes étrangers fe nomment les Princes Augufte, Frédéric, Maximilien, &c.

LE PRÉSIDENT.

Cela eft vrai.

M. DE SAINT-ARLI *père.*

C'eft un ufage parmi eux, ici cela eft devenu une mode.

LE PRÉSIDENT.

Ah ! ce n'eft que cela ?

M. DE SAINT-ARLI *père.*

Eh ! vraiment non ; mais on y croit de la grandeur.

LA COMTESSE.

Ah ! j'entends mon fils.

SCÈNE IV.

LA COMTESSE, MME. DE SAINT-ARLI,
M. DE SAINT-ARLI *père*, LE PRÉSIDENT,
M. DE SAINT-ARLI, RIRI, LA BONNE.

LA COMTESSE.

Viens, viens, mon petit Riri. (*Elle l'em-braffe.*)

LA BONNE.

Madame, je ne pouvois pas le tenir ; pendant qu'on l'habilloit, il difoit toujours : Veux aller voir belle maman, veux aller voir belle maman, & il étoit comme un juif-harang.

LA COMTESSE.

Comment le trouvez-vous mon fils, Monfieur le Préfident ?

LE PRÉSIDENT.

Ah ! Madame, je le trouve charmant !

LA BONNE.

Eh bien ! Monfieur, vous ne dites rien, à bon papa, à bonne maman ?

B 2

RIRI.

Jou papa.

M. DE SAINT-ARLI *père.*

Qu'eft-ce qui aura du bonbon ?

RIRI.

Riri.

LA COMTESSE.

Ah! mon papa, ne lui donnez rien.

M. DE SAINT-ARLI *père.*

Cela vous eft bien aifé à dire ; moi, je veux qu'il m'aime ; & puis, ce font des croquignoles.

LE PRÉSIDENT.

Cela doit être bon pour attendrir les gencives & faire percer les dents.

LA COMTESSE.

Que dites-vous donc là, Monfieur ? nous les avons toutes.

LE PRÉSIDENT.

Je vous demande bien pardon.

LA BONNE.

Ah! Monfieur, vous n'avez pas tort, il y a des enfans qui font en retard ; mais Riri eft très-avancé pour fon âge.

LE PRÉSIDENT.

Cela vous fait honneur, la Bonne.

LA BONNE.

Monfieur a bien de la bonté. Allons, Riri, & bonne maman, vous ne lui dites rien.

RIRI.

Jou, bonne maman.

Mad. DE SAINT-ARLI, *le baifant.*

Mademoifelle, il va caffer ma boîte.

LA BONNE.

Laiffez la boîte à bonne maman.

RIRI.

Je veux pas, moi.

LA BONNE.

En voilà une autre. Ah! elle eft bien plus belle celle-là ?

LA COMTESSE.

Préfident, n'eft-il pas vrai qu'il a de beaux yeux, mon fils ?

LE PRÉSIDENT.

Il a les vôtres, ainfi cela n'eſt pas étonnant.

LA COMTESSE.

La Bonne, fais-lui dire une Fable pour Monfieur le Préfident.

LA BONNE.

Laquelle, Madame ?

LA COMTESSE.

Celle que tu voudras.

LA BONNE.

C'eft que nous en favons deux, Monfieur. Vous allez voir, vous allez voir.

LA COMTESSE.

Allons, regardez Monfieur le Préfident, Riri.

LA BONNE.

Dites-donc : *La Cigale....*

RIRI.

Ayant fanté,

Tout l'Été,

LE PRÉSIDENT.

Fort bien !

LA BONNE.

Se trouva...

RIRI.

Fo dépouvue

LA BONNE.

Lorsque la bise...

RIRI.

Fut venue ;

LA BONNE.

Elle alla...

RIRI.

Crier famine ,

LA BONNE.

Chez la...

RIRI.

Fourmi...

LA BONNE.

Sa...

RIRI.

Voisine.

B 4

LA BONNE.

A ces mots...

RIRI.

Le Corbeau...

LA BONNE.

Ne se sent...

RIRI.

Pas de joie;

LA BONNE.

Il ouvre...

RIRI.

Un large bec...

LA BONNE.

Laisse tomber...

RIRI.

Sa proie.

LA BONNE.

Le Re...

RIRI.

nard s'en saisit,

LA BONNE.

Et dit:...

RIRI.

Mon beau Monsieur;

LA BONNE.

Que faisiez-vous...

RIRI.

Au tems saud?

LA BONNE.

Je...

RIRI.

Santois, ne vous déplaise.

LA BONNE.

Eh bien...

RIRI.

Dansez maintenant.

LE PRÉSIDENT.

Fort bien; c'est à merveille!

LA COMTESSE.

Tu as un peu embrouillé tout cela, ma Bonne.

LA BONNE.

Cela se peut bien, Madame.

LE PRÉSIDENT.

Au contraire ; cela a fait voir qu'il savoit les deux Fables.

LA COMTESSE.

N'est-ce pas, qu'il aura de la mémoire ?

LE PRÉSIDENT.

Mais, il en a déja.

LA BONNE.

Oh! Monsieur, si vous l'aviez vu ce matin, il m'a dit ces deux Fables, lui-même, tout seul, comme un charme.

LE PRÉSIDENT.

Je le crois bien.

RIRI.

Veux m'en aller, veux m'en aller.

LA BONNE.

Eh bien, Riri ?

RIRI.

Veux m'en aller, veux m'en aller.

LA BONNE.

Comment, vous voulez quitter comme cela votre belle maman, votre bonne maman, & votre bon papa, qui vous a donné du bonbon?

RIRI.

Veux m'en aller, veux m'en aller, moi.

LA COMTESSE.

Allons, allons, emmène-le.

LA BONNE.

Quand il est comme cela, il est comme un Suisse, il n'entend pas raison.

RIRI.

Veux m'en aller, ma Bonne; moi veux m'en aller.

LA COMTESSE.

Allons, va-t'en donc, la Bonne.

RIRI, *pleurant*.

M'en aller, moi.

LA COMTESSE.

Ne le contrarie pas.

LA BONNE.

Allons, allons, mon petit Riri.

LA COMTESSE.

Fais-le goûter.

LA BONNE.

Oui, Madame.

RIRI, *pleurant.*

M'en aller, moi, m'en aller.

LA BONNE.

Allons, allons,

SCÈNE V.

LA COMTESSE, Mme. DE SAINT-ARLI, LE PRÉSIDENT, M. DE SAINT-ARLI *père*, M. DE SAINT-ARLI.

LA COMTESSE.

Tant qu'il fera avec moi, je ne veux pas qu'on le contrarie ; parce que je veux qu'il m'aime.

M. DE SAINT-ARLI *père*.

Ma fille, vous en ferez un enfant gâté.

LA COMTESSE.

Oh ! que non ; mais je veux qu'il faffe tout ce qui lui fera plaifir.

M. DE SAINT-ARLI.

Oui ; & quand il fera au Collège, s'il eft accoutumé à faire fa volonté, fes camarades le corrigeront.

LA COMTESSE.

Il n'ira point au Collège, il reftera avec moi.

Je veux seulement avoir un Précepteur bien doux
& bien honnête.

M. DE SAINT-ARLI.

Oui, & bien bête.

LA COMTESSE.

Non ; je veux qu'il ait de l'esprit. Trouvez-moi
cela, Monsieur le Président.

LE PRÉSIDENT.

Ce que vous demandez-là, Madame, est trop
difficile.

LA COMTESSE.

Pourquoi donc ?

M. DE SAINT-ARLI *père.*

Il faut laisser faire votre mari, ma fille, cela
le regarde.

LA COMTESSE.

Oui, lui, qui le jette en l'air, & qui le retient
dans ses mains, pour l'accoutumer à ne pas avoir
peur. Si je le laissois faire, il lui donneroit un
Grenadier pour Précepteur, peut-être.

M. DE SAINT-ARLI *père.*

Il est sûr qu'il ne faut pas élever les garçons comme des filles.

LA COMTESSE.

Ah! je vous en prie, papa, ne parlons jamais de cela devant le Comte.

M. DE SAINT-ARLI *père.*

C'est votre affaire; je ne m'en mêlerai pas.

LA COMTESSE.

Ah! voilà la Baronne!

M. DE SAINT-ARLI.

Allons nous-en, Président.

LE PRÉSIDENT.

Je le veux bien.

LA COMTESSE.

Adieu, Monsieur le Président.

SCÈNE VI.

Mme. DE SAINT-ARLI, LA COMTESSE, LA BARONNE, M. DE SAINT-ARLI *père*, DUPRÉ.

DUPRÉ.

Madame la Baronne de Flingues.

LA COMTESSE.

Ah! vous êtes charmante, mon chat, d'être venue de bonne-heure.

LA BARONNE.

C'est que j'ai beaucoup de choses à faire avant d'aller à la Comédie. Madame de Saint-Arli, pouvez-vous me traiter comme cela? & vous aussi, Monsieur?

Mad. DE SAINT-ARLI.

Approchez-vous donc du feu, Madame la Baronne.

LA BARONNE.

Je vous assure, Madame, qu'on est fort aise

d'en

d'en trouver aujourd'hui : ma belle-mère ne peut pas le souffrir, elle a toujours trop chaud, & nous gelons tous chez elle.

M. DE SAINT-ARLI.

C'est qu'elle est habillée un peu plus chaude-ment que vous, peut-être.

LA BARONNE.

Oh ! je vous en réponds, elle a toujours trois manteaux l'un sur l'autre.

Mad. DE SAINT-ARLI.

Vous n'êtes pas comme cela, vous, Madame ?

LA BARONNE.

Je ne pourrois pas y tenir.

LA COMTESSE.

N'êtes-vous pas habillée comme moi, mon chat ?

LA BARONNE.

Mais oui ; comme tout le monde ; je n'ai sous ceci que ma chemise.

Mad. DE SAINT-ARLI.

Quoi, point de corset ?

C

LA BARONNE.

Non, Madame, fi donc ! Je n'en mets jamais ;
cela groffit la taille, que c'eft affreux !

LA COMTESSE.

Voilà ce que je dis à maman ; elle croit que
je fuis la feule comme cela.

Mad. DE SAINT-ARLI.

Et moi, qu'eft-ce que je vous réponds ? Que
vous aurez des maladies, dont toutes ces impru-
dences-là feront l'origine.

LA COMTESSE.

Oh ! que non, maman.

Mad. DE SAINT-ARLI.

Madame, vous ferrez-vous auffi comme ma fille ?

LA BARONNE.

Il le faut bien, Madame, un peu.

M. DE SAINT-ARLI.

C'eft-à-dire, beaucoup.

Mad. DE SAINT-ARLI.

Et quand vous êtes groſſe ?

LA BARONNE.

Oh ! mais, quand je ſuis groſſe.....

M. DE SAINT-ARLI.

Vous faites la même choſe ?

LA BARONNE.

Mais, il le faut bien.

Mad. DE SAINT-ARLI.

Et vous vous trouvez mal, à chaque inſtant ?

LA BARONNE.

Quand on eſt groſſe, cela eſt tout ſimple.

Mad. DE SAINT-ARLI.

Ma fille ne l'eſt pas, & elle ſe trouve mal très-
ſouvent.

LA BARONNE.

Madame, cela ne vient pas de là, & puis on
ſe deſſerre quand on veut.

C 2

LA COMTESSE.

Sûrement ; d'ailleurs , il faut bien être mise comme tout le monde ; & puis demandez aux Peintres , s'ils ne conviennent pas que les femmes n'ont jamais été plus jolies , mieux faites & mises de meilleur goût.

M. DE SAINT-ARLI.

Mais , au moins , j'aurois une bonne pelisse bien fourrée , quand il fait froid.

LA BARONNE.

Oui , à Pâques ! Il est excellent , Monsieur de Saint-Arli !

M. DE SAINT-ARLI.

Je n'en vois même guères avant , depuis quelque tems ; je ne fais pas pourquoi.

LA COMTESSE.

Je vous l'ai dit , papa ; cela abîme toutes les garnitures des chemises & de tous les habits.

LA BARONNE.

On a de grands manteaux de mousseline ; cela est tout aussi chaud.

M. DE SAINT-ARLI.

La Mousseline ?

LA BARONNE.

Oui, Monsieur.

M. DE SAINT-ARLI.

Quelle folie, de sacrifier sa santé à la mode !

LA BARONNE.

Ah ! ça, mon chat, quand vous voudrez, nous nous en irons.

LA COMTESSE.

Vous me menez ?

LA BARONNE.

Sûrement ; j'ai compté là-dessus.

LA COMTESSE.

Partons. Adieu papa, adieu maman.

Mad. DE SAINT-ARLI.

Je vous en prie, ma fille, ménagez-vous.

LA COMTESSE.

Oui, oui, maman.

LA BARONNE.

Que voulez-vous donc faire, Monfieur de Saint-Arly ?

M. DE SAINT-ARLI.

Vous conduire, Madame la Baronne.

LA BARONNE.

Vous voulez donc que j'oublie que vous m'appeliez votre enfant, autrefois.

M. DE SAINT-ARLI.

A préfent, cela eft bien différent.

LA BARONNE.

Si vous venez, je croirai que vous ne m'aimez plus.

Mad. DE SAINT-ARLI.

Allons, Monfieur de Saint-Arli, laiffez-les aller ; vous leur faites perdre leur tems.

M. DE SAINT-ARLI.

Ah ! oui ; elles ont de grandes affaires !

LA COMTESSE.

Mais, fûrement. Embraffez-moi donc, papa.

M. DE SAINT-ARLI.

Allons, foyez un peu plus raifonnable.

LA BARONNE.

Oh! nous le fommes très-fort.

SCÈNE VII.

M. DE SAINT-ARLI, MME. DE SAINT-ARLI.

Mad. DE SAINT-ARLI.

Ou irez-vous, Monfieur, cette après-dîner?

M. DE SAINT-ARLI.

Mais, je ne fais pas trop; peut-être au Concert.

Mad. DE SAINT-ARLI.

Quoi! entendre cette Chanteufe Italienne?

M. DE SAINT-ARLI.

Mais oui; puifqu'ils difent qu'elle chante à la françoife.

Mad. DE SAINT-ARLI.

Elle vous ennuiera,

C 4

M. DE SAINT-ARLI.

Cela pourra bien arriver.

Mad. DE SAINT-ARLI.

Et puis, vous aurez froid à ce Concert.

M. DE SAINT-ARLI.

Je n'y resterai pas.

Mad. DE SAINT-ARLI.

Vous devriez plutôt aller voir cette pauvre Madame de Firmont.

M. DE SAINT-ARLI.

De quoi la plaignez-vous donc ?

Mad. DE SAINT-ARLI.

Comment ! vous ne savez pas qu'elle a perdu sa fille, qui est morte d'une chûte qu'elle a faite en tombant de cheval au Bois de Boulogne ?

M. DE SAINT-ARLI.

Pardonnez-moi.

Mad. DE SAINT-ARLI.

On dit qu'elle en est inconsolable.

M. DE SAINT-ARLI.

Elle ne la pouvoit pas fouffrir.

Mad. DE SAINT-ARLI.

Il eft vrai, & elle n'avoit que trop de raifons de s'en plaindre.

M. DE SAINT-ARLI,

En ce cas-là, je n'irai pas la voir ; j'enverrai m'y faire écrire. Où fouperez-vous ce foir ?

Mad. DE SAINT-ARLI.

Ici. Vous favez que nous avons du monde.

M. DE SAINT-ARLI.

Je vous jure que je n'en favois rien.

Mad. DE SAINT-ARLI.

Comment ! eft-ce que nous n'avons pas pris jour pour arranger les propofitions de mariage de votre fils ?

M. DE SAINT-ARLI.

Il eft vrai ; quoi ! c'eft pour ce foir ?

Mad. DE SAINT-ARLI.

Mais, fûrement.

M. DE SAINT-ARLI.

Allons, je reviendrai.

Mad. DE SAINT-ARLI.

Vous l'aviez oublié, réellement ?

M. DE SAINT-ARLI.

Mais oui, cela n'eſt pas étonnant ; moi, je
ne vois pas trop pourquoi vous voulez que je
marie Saint-Arli.

Mad. DE SAINT-ARLI.

Parce que nous le tenons encore, & que s'il
prend une fois ſon vol tout-à-fait, s'il nous
échappe, nous ne pourrons plus l'y déterminer.

M. DE SAINT-ARLI.

Et le voyage de Rome, qu'il compte faire ce
printems ?

Mad. DE SAINT-ARLI.

En le mariant, il n'y penſera plus,

M. DE SAINT-ARLI.

Tant mieux ! Ce ſera avoir beaucoup gagné,
que de l'en détourner ; les voyages peuvent donner
aux jeunes gens le goût de l'indépendance & de

la liberté ; ils peuvent fe croire une efpèce de fupériorité fur ceux qui font reftés tranquillement chez eux à s'occuper de leurs affaires, & ils peuvent ne leur paroître que des gens dont les vues ne fauroient s'étendre au-delà de ce qu'ils connoiffent.

Mad. DE SAINT-ARLI.

Et voilà comme on apprend à n'eftimer que foi & à ne croire qu'en fes lumières.

M. DE SAINT-ARLI.

Et puis, voulez-vous que je vous dife une chofe que j'ai toujours penfée ; c'eft qu'il eft impoffible qu'il ne fe mêle au goût des arts, qui guide ou qui fert de prétexte à un jeune voyageur, un defir libertin de connoître les femmes des différens pays ; & ce ne feront fûrement pas les plus vertueufes qu'ils rechercheront.

Mad. DE SAINT-ARLI.

Entre nous, voilà ce que je crains ; c'eft un libertinage conftant, qui ruine tôt ou tard un homme, garçon ou marié.

M. DE SAINT-ARLI.

Et je ne crois pas qu'il foit néceffaire d'aller bien loin pour apprendre à s'y livrer.

Mad. DE SAINT-ARLI.

La perfonne que nous avons choifie, plaît à Saint-Arli; il eſt capable de s'y attacher.

M. DE SAINT-ARLI.

Il eſt vrai; mais il ne faut pas la féparer de ſes parens : quoiqu'ils ſoient fort riches, ils ſont très-ſages, ils n'ont que des connoiſſances raiſonnables; ce ſont des exemples rares dans ce tems-ci.

Mad. DE SAINT-ARLI.

Quoi! vous ne logerez pas votre fils chez vous?

M. DE SAINT-ARLI.

Mais, en conſcience, le pouvons-nous?

Mad. DE SAINT-ARLI.

Pourquoi pas? La maiſon eſt aſſez grande, & ils feront très-bien dans les deux appartemens que je leur deſtine.

M. DE SAINT-ARLI.

J'en conviens.

Mad. DE SAINT-ARLI.

Ne trouverez-vous pas bien doux de vieillir au

milieu de vos enfans & de vos petits-enfans? On en jouit sans cesse en s'en voyant entourés; ils contribuent continuellement à votre bonheur. Si vous vous en séparez, vous devenez isolés, vous ne recevez d'eux que des attentions froides, qui s'affoiblissent & s'éloignent de jour en jour.

M. DE SAINT-ARLI.

Vous avez raison; c'est se priver du spectacle le plus doux pour la vieillesse : mais comment s'établira-t'il? qui peut vous en répondre?

Mad. DE SAINT-ARLI.

Je ne vous entends pas.

M. DE SAINT-ARLI.

Si vous voulez que je vous parle à cœur ouvert, je craindrois que la tournure & l'exemple de votre fille ne détruisît bientôt cette simplicité de mœurs que nous comptons trouver dans la femme de Saint-Arli. Cet empire de la mode s'empareroit bientôt d'elle, & en imitant sa belle-sœur, la distance que la Comtesse voudroit mettre entre elles deux, la désespéreroit. L'union ne peut s'établir dans une famille, que par l'égalité des conditions; sans quoi, la moitié de votre génération est malheureuse du bonheur de l'autre.

Mad. DE SAINT-ARLI.

Vous m'affligez, réellement.

M. DE SAINT-ARLI.

Nous avons fait une grande faute, ma femme !

Mad. DE SAINT-ARLI.

Je ne vous entends que trop ! Mais nous n'avons rien à reprocher au Comte ?

M. DE SAINT-ARLI.

Certainement.

Mad. DE SAINT-ARLI.

Je ne connois pas de plus galant homme.

M. DE SAINT-ARLI.

Ni de meilleur ami, ni de meilleur conseil.

Mad. DE SAINT-ARLI.

Il est fâché de toutes les étourderies de sa femme, mais il ne lui en parlera jamais ; il voudroit seulement pouvoir l'arrêter sur la dépense.

M. DE SAINT-ARLI.

Cela sera bien difficile.

Mad. DE SAINT-ARLI.

Je lui en parlerai, moi.

M. DE SAINT-ARLI.

Et moi, je vois bien que je payerai tout.

Mad. DE SAINT-ARLI.

C'eſt le moindre des malheurs.

M. DE SAINT-ARLI.

J'entends quelqu'un. Je veux ſortir abſolument.

Mad. DE SAINT-ARLI.

Eh bien, paſſez par chez moi.

SCÈNE VIII.

Mᵐᵉ. DE SAINT-ARLI; M. DE VAUBOIS, DUPRÉ.

DUPRÉ.

MONSIEUR de Vaubois.

Mad. DE SAINT-ARLI.

Quoi ! c'eſt bien vous ?

M. DE VAUBOIS.

Oui, vraiment; c'eſt moi-même : me voilà
réchappé encore une fois.

Mad. DE SAINT-ARLI, *le faiſant aſſeoir.*

Allons, mettez-vous là.

M. DE VAUBOIS.

Je ſuis fort bien.

Mad. DE SAINT-ARLI.

Vous ne devriez pas ſortir, par le froid qu'il fait.

M. DE VAUBOIS.

Au contraire; on m'a dit que cela me donneroit
de reſſort : & puis, je ne m'expoſe pas trop à
l'air, ſur-tout le ſoir ; à la bonne heure quelquefois le matin, quand il fait un rayon de ſoleil.

Mad. DE SAINT-ARLI.

Il eſt dangereux, le ſoleil, au Printems.

M. DE VAUBOIS.

Oui, quand il eſt plus fort.

Mad. DE SAINT-ARLI.

Vous m'avez bien inquiétée, au moins.

M.

M. DE VAUBOIS.

Je n'en suis pas surpris, Madame ; toute votre amitié m'est connue, & je la chéris comme je le dois ; on ne peut y être plus sensible.

Mad. DE SAINT-ARLI.

Je n'étois pas la seule inquiète.

M. DE VAUBOIS.

Eh bien, moi, je n'ai eu d'autre inquiétude que de voir la tristesse qui étoit peinte sur tous les visages. Je me disois : On croit qu'il faut montrer de l'intérêt aux malades, & l'on se compose un visage triste ; on veut se faire estimer d'eux, & l'on ne pense qu'à soi.

Mad. DE SAINT-ARLI.

Cela est bien vrai ; on leur cache l'espérance que l'on peut avoir de leur guérison, en les en assurant.

M. DE VAUBOIS.

D'autres fois, je croyois qu'on me cachoit quelque évènement arrivé à mes enfans ; voilà ce que j'imaginois.

Mad. DE SAINT-ARLI.

On reconnoît bien là le cœur d'un père.

D

M. DE VAUBOIS.

Écoutez donc ; on nous prête la vie, nous la rendons, & nous voulons bien qu'on la prête à d'autres ; mais nous n'aimons pas qu'elle soit perdue.

Mad. DE SAINT-ARLI.

Vous avez-là une bonne philosophie, une philosophie de père de famille.

M. DE VAUBOIS.

Comme on n'aime pas à finir, on croit se voir revivre dans ses enfans & dans ses petits-enfans ; cela prolonge l'existence.

Mad. DE SAINT-ARLI.

Toutes vos filles sont mariées, je crois ?

M. DE VAUBOIS.

Et fort bien ; il ne me reste plus que mon fils à pourvoir.

Mad. DE SAINT-ARLI.

Madame de Vaubois doit être bien contente de votre rétablissement.

M. DE VAUBOIS.

Eſt-ce qu'elle n'eſt pas allée à Vaubois?

Mad. DE SAINT-ARLI.

Quoi, déjà?

M. DE VAUBOIS.

Oui; elle en reviendra bientôt : elle eſt allée avec mon fils, pour donner des ordres & faire tout préparer, pour que nous puiſſions nous y établir, quand le tems ſera aſſez beau pour cela.

Mad. DE SAINT-ARLI.

Sur toutes choſes, ne vous preſſez pas.

M. DE VAUBOIS.

Je n'ai jamais été impatient, moi.

Mad. DE SAINT-ARLI.

Cela eſt fort heureux !

M. DE VAUBOIS.

Et puis, je veux leur donner le tems de préparer leur fête.

Mad. DE SAINT-ARLI.

Ils vous donnent une fête?

D 2

M. DE VAUBOIS.

Je me l'imagine ; car vous pensez bien qu'on
ne m'en dit pas le mot, & j'ai grand soin d'avoir
l'air de ne m'en pas douter; mais on me cache
tant de choses & avec tant de soins, on me fait
tant de mystères, que cela m'instruit presque
autant que si j'étois dans la confidence. Savez-
vous de quoi je m'occupe depuis que je vois tout
cela ?

Mad. DE SAINT-ARLI.

Non. De quoi ?

M. DE VAUBOIS.

Vous ne le devineriez jamais.

Mad. DE SAINT-ARLI.

Dites donc ?

M. DE VAUBOIS.

Vous vous mocquerez de moi.

Mad. DE SAINT-ARLI.

Pourquoi ?

M. DE VAUBOIS.

Vous en rirez, au moins.

Mad. DE SAINT-ARLI.

Je vous dis que non.

M. DE VAUBOIS.

Eh bien, je vais vous le dire. J'ai passé toute la matinée tout seul, devant mon miroir.

Mad. DE SAINT-ARLI.

Vous ?

M. DE VAUBOIS.

Oui ; à me composer un visage de surprise, pour leur faire plaisir.

Mad. DE SAINT-ARLI.

Pour cela, vous êtes un homme bien charmant !

M. DE VAUBOIS.

Il faut bien rendre fête pour fête ; c'est là ce qu'ils attendent de moi, c'est une dette que j'acquitterai.

Mad. DE SAINT-ARLI.

Et avez-vous réussi ?

M. DE VAUBOIS.

Mais, tenez, voyez. Les yeux ouverts, comme cela, & les doigts écartés.

D 3

Mad. DE SAINT-ARLI.

A merveilles ! & où avez-vous pris cela ?

M. DE VAUBOIS.

Dans les têtes d'expression de Le Brun, dont j'ai le recueil.

Mad. DE SAINT-ARLI.

Pour cela, vous avez des idées bien gaies !

M. DE VAUBOIS.

Écoutez donc : la vraie gaieté part de l'ame ; c'est là sa source. Je n'ai jamais goûté une satis-faction plus vive & plus pure que celle que j'éprouve depuis ma dernière maladie, & vous devez en juger vous-même, en voyant quelle est ma folie.

Mad. DE SAINT-ARLI.

En vérité, vous me faites envier votre sort.

M. DE VAUBOIS.

Cependant, je ne les tromperai pas long-tems ; quand ils auront joui de ma feinte surprise, je leur raconterai toutes les études que j'ai faites pour parvenir à leur exprimer ce que je ne pouvois

pas éprouver, ayant découvert, par leurs impru-
dences, tous les foins qu'ils fe donnoient pour
me préparer une fête, & je veux les faire rire
d'eux mêmes & de toutes leurs mal-adreffes.

Mad. DE SAINT-ARLI.

Vous goûtez dans votre famille des plaifirs
bien rares !

M. DE VAUBOIS.

C'eft mon fils qui conduit tout cela ; il les
grondera bien, & nous en rirons encore davantage.

Mad. DE SAINT-YARD.

Il a beaucoup d'efprit, de talens & d'imagina-
tion, Monfieur votre fils.

M. DE VAUBOIS.

Et encore plus de fenfibilité, Madame.

Mad. DE SAINT-ARLI.

Je le crois aifément ; il faut bien qu'il tienne
de vous. Eft-ce que vous ne penfez pas à le
marier !

M. DE VAUBOIS.

Pardonnez-moi.

D 4

Mad. DE SAINT-ARLI.

Eh bien, avec toutes les richeſſes qu'il aura, vous pouvez lui trouver un excellent parti.

M. DE VAUBOIS.

Si nous ne voulions que du bien, nous en trouverions de reſte.

Mad. DE SAINT-ARLI.

Je n'en doute pas.

M. DE VAUBOIS.

C'eſt du bonheur que nous lui voudrions. M'entendez-vous ?

Mad. DE SAINT-ARLI.

Je crois vous deviner.

M. DE VAUBOIS.

Trouvez-vous cela bien aiſé ?

Mad. DE SAINT-ARLI.

Hélas ! non, trop malheureuſement !

M. DE VAUBOIS.

Mon fils voit de même que moi ; il n'eſt point aveuglé par une paſſion.

Mad. DE SAINT-ARLI.

C'eſt peut-être tant mieux pour lui.

M. DE VAUBOIS.

Il aime toutes les femmes en général ; il leur trouve une tournure ſéduiſante, agréable ; de la grace & du goût.

Mad. DE SAINT-ARLI.

Il ne vous parle pas de leur cœur ?

M. DE VAUBOIS.

Entre nous, je penſe qu'il n'y croit pas beaucoup.

Mad. DE SAINT-ARLI.

Les croit-il coquettes ?

M. DE VAUBOIS.

C'eſt-à-dire, il croit à leur coquetterie d'ajuſtement, au deſir qu'elles ont de reſſembler aux filles qui ſe mettent le mieux ; mais il ne croit pas aux paſſions, il craindroit même d'en inſpirer une violente à la femme qu'il épouſeroit, il n'en voudroit pas non plus avoir une violente pour elle : il voudroit une femme d'eſprit, qui eût plus de raiſon que de ſenſibilité.

Mad. DE SAINT-ARLI.

Cela ne fauroit pourtant former une union bien délicieufe!

M. DE VAUBOIS.

Il n'y croit pas : tout ce qu'il entrevoit, fans ofer l'efpérer, c'eft le rapprochement que les enfans font naître entre le père & la mère. Il croit être fûr de fe bien conduire, de ne jamais donner d'exemple dangereux à fa femme, & il voudroit qu'elle fût capable de n'en point chercher ailleurs.

Mad. DE SAINT-ARLI.

Il faudroit qu'il fût poffible que cette femme penfât comme on penfe dans votre famille.

M. DE VAUBOIS.

Il faudroit pour cela qu'elle ne fortît jamais, & on ne peut pas l'exiger.

Mad. DE SAINT-ARLI.

Il faut bien s'en garder.

M. DE VAUBOIS.

De tout cela, je vois qu'on en revient à une ancienne queftion. Comment répondre de ce que peut devenir une fille, quand elle fera femme?

Mad. DE SAINT-ARLI.

On fait feulement qu'il en exifte de fort fenfées & de fort raifonnables.

M. DE VAUBOIS.

Et de fort aimables, même. Je dis tout cela à mon fils, favez-vous ce qu'il me répond ?

Mad. DE SAINT-ARLI.

Je ne l'imagine pas.

M. DE VAUBOIS.

On fait, dit-il, qu'il y a beaucoup de lots à la lotterie; mais on ne fait jamais qui les gagne.

Mad. DE SAINT-ARLI.

Ce qui fait plus dé tort aux femmes à préfent, c'eft leur goût pour la diffipation, plutôt que leurs mœurs.

M. DE VAUBOIS.

Mon fils n'attaque pas leur vertu; il ne veut point d'amour, il ne fera pas jaloux : mais que voulez-vous qu'on dife à des jeunes gens pour les engager à fe marier ? Ils en favent plus long que nous; ils voient, & ils pratiquent.

Mad. DE SAINT-ARLI.

Moi, je crois que l'éducation que l'on donne à préfent aux jeunes perfonnes, les mènent toutes au point où elles en font, dès qu'elles font mariées.

M. DE VAUBOIS.

L'éducation la plus févère n'y fait rien ; j'ai vu de jeunes perfonnes élevées dans l'Ifle Saint-Louis, plus diffipées que d'autres après le mariage.

Mad. DE SAINT-ARLI.

Vous avez raifon ; ce font les mauvais exemples & les mauvaifes connoiffances qui font tout.

M. DE VAUBOIS.

Voulez-vous que je vous dife quelle eft la caufe du renverfement des têtes des femmes ?

Mad. DE SAINT-ARLI.

Oui.

M. DE VAUBOIS.

Eh bien, ce font les Spectacles.

Mad. DE SAINT-ARLI.

Vous le croyez ?

M. DE VAUBOIS.

Je m'explique. Ce ne font pas les Pièces qu'on y donne; fouvent elles ne les écoutent pas : mais ce font les moyens multipliés qu'elles ont de fortir tous les jours pour y aller.

Mad. DE SAINT-ARLI.

Vous voulez dire les petites Logés?

M. DE VAUBOIS.

Sûrement. Il y en avoit peu, autrefois; encore n'étoit-ce qu'à l'Opéra, où il étoit du grand air d'en avoir.

Mad. DE SAINT-ARLI.

Il eſt vrai que dans ma jeuneſſe, j'allois très-rarement au Spectacle, en comparaifon de ce que j'y vais actuellement. Il falloit trouver une autre femme, louer une Loge entière, quelquefois; tout cela étoit fort difficile.

M. DE VAUBOIS.

A préfent, les femmes y vont comme elles veulent, à l'heure qu'elles veulent; elles font toujours sûres d'y avoir du monde, & elles trouvent cela fort commode.

Mad. DE SAINT-ARLI.

Je ne suis pas une femme à air, & j'ai des Loges à tous les Spectacles, plus pour mes enfans que pour moi.

M. DE VAUBOIS.

Vous avez cru, comme tout le monde, faire une économie ?

Mad. DE SAINT-ARLI.

Mais, oui.

M. DE VAUBOIS.

Et vous n'avez procuré à vos enfans, qu'une occasion continuelle de dissipation : les femmes ne peuvent plus rester chez elles, de-là est venu le bon air de se montrer par-tout ; elles veulent être mises comme toutes celles qu'elles voient ; elles envient le bonheur de celles qui font le plus de dépenses, les Marchands leur en fournissent les moyens par des crédits ruineux, & ce ne sont plus des ménagères qu'on épouse ; ce sont des dépensières : je ne parle pas de tout ce qui suit quelquefois cette dissipation, & des malheurs qu'elle entraîne ; cela est trop effrayant !

Mad. DE SAINT-ARLI.

Vous avez bien raison.

M. DE VAUBOIS.

Je ne veux pas vous attrister davantage, & je m'en vais.

Mad. DE SAINT-ARLI.

Attendez donc que je fonne. Ah! tenez, voyez fi Monfieur de Vaubois a fes Gens.

DUPRÉ.

Ils y font, Madame.

M. DE VAUBOIS.

Eh bien! vous vous levez?

Mad. DE SAINT-ARLI.

Allons, je refterai. Ayez bien foin de vous.

M. DE VAUBOIS.

Oui, oui.

SCÈNE IX.

Mᵐᵉ. DE SAINT-ARLI, Mᵐᵉ. DE PERANGIE, DUPRÉ.

DUPRÉ.

MADAME de Perangie.

Mad. DE SAINT-ARLI.

Ah ! Madame, je ne vous croyois pas à Paris.

Mad. DE PERANGIE.

Vous sentez bien que par le froid qu'il fait, je n'ai pas été trop empressé de partir pour la campagne.

Mad. DE SAINT-ARLI.

Mais, Monsieur de Perangie doit être très-empressé lui d'aller voir éclore ses fleurs ; voici la saison.

Mad. DE PERANGIE.

Il n'est plus occupé que de ses gazons.

Mad.

Mad. DE SAINT-ARLI.

Eft-ce que c'eft un Jardin à l'angloife qu'il fait actuellement ?

Mad. DE PERANGIE.

Oui, vraiment; tout fon Jardin n'eft plus qu'une prairie immenfe, depuis qu'il a été en Angleterre.

M. DE SAINT-ARLI.

Comment, il a abattu fes bois ?

Mad. DE PERANGIE.

Oui, Madame; pour les reculer prodigieufement, il facrifie tout à l'étendue & à la vue.

Mad. DE SAINT-ARLI.

Et y en a-t'il de la vue, à Perangie ?

Mad. DE PERANGIE.

Mais, pas trop; c'eft un pays plat, où la plupart des haies de nos voifins nous cachent tout l'horifon.

Mad. DE SAINT-ARLI.

Vous n'avez donc plus de couvert pour vous promener ?

E

Mad. DE PERANGIE.

Nous n'en aurons que dans dix ans ; parce que le bois vient fort mal dans ce terrein-là.

Mad. DE SAINT-ARLI.

Et avez-vous de l'eau ?

Mad. DE PERANGIE.

Monsieur de Perangie dit qu'il en aura. Il fait faire une pompe à feu, qui donnera, à ce qu'on lui assure, continuellement de l'eau gros comme le bras.

Mad. DE SAINT-ARLI.

Vous avez donc des sources ?

Mad. DE PERANGIE.

Quand la pompe à feu sera faite, on fera venir Bleton.

Mad. DE SAINT-ARLI.

Oui ; mais il faut qu'il y ait de l'eau dans le pays.

Mad. DE PERANGIE.

Monsieur de Perangie dit qu'en creusant, tou-

jours on en trouve, & qu'il n'a aucune inquiétude là-deſſus.

Mad. DE SAINT-ARLI.

Cela vous coûtera cher.

Mad. DE PERANGIE.

Pas à moi; nous ſommes mariés ſéparés de biens,
il ne ſauroit me ruiner; & comme il me laiſſe
faire tout ce que je veux, je ne le contrarie pas.

Mad. DE SAINT-ARLI.

Cela eſt fort bien; mais cependant, dès les premiers jours du printems, il vous mène à Perangie.

Mad. DE PERANGIE.

Oui, pour quinze jours, & avec tout le monde
qui me plaît, après cela, je le laiſſe avec ſes Ouvriers, & tout le reſte de l'année j'ai ma liberté.

M. DE SAINT-ARLI.

Vous n'avez jamais eu d'enfans, je crois?

Mad. DE PERANGIE.

Non, & nous ne nous en ſommes ſouciés ni l'un

E 2

ni l'autre. Quand on ne vit pas beaucoup ensemble, on n'a pas trop ce desir-là.

Mad. DE SAINT-ARLI.

Vous paffez donc tout l'été avec vos parens?

Mad. DE PERANGIE.

Point du tout; ils ne font pas affez gais pour cela. Dans le commencement de mon mariage, je me croyois obligé de les voir beaucoup, & j'étois contrariée fans ceffe fur tout ce que je faifois.

Mad. DE SAINT-ARLI.

Vous ne deviez pas trouver cela agréable.

Mad. DE PERANGIE.

Et puis, ils ont un ton de l'autre monde; c'eft-à-dire, celui de la province la plus éloignée.

Mad. DE SAINT-ARLI.

Ce ne font pas eux qui vous ont élevés?

Mad. DE PERANGIE.

Point du tout; c'étoit une tante fort aimable que j'avois, qui étoit jeune, gaie, fpirituelle;

charmante, & elle avoit un goût !.. dès l'inftant qu'une mode étoit inventée, elle étoit la première à la fuivre. Ah! j'ai beaucoup perdu en la perdant !

Mad. DE SAINT-ARLI.

C'étoit donc elle qui vous avoit mariée ?

Mad. DE PERANGIE.

Oui, Madame. Monfieur de Perangie la voyoit fouvent, parce qu'il en étoit amoureux ; elle ne l'aimoit pas elle : il s'avifa de lui faire une déclaration, elle le prit fur le haut ton ; il crut l'avoir offenfée réellement ; il lui demanda pardon, & la permiffion de continuer à la voir. Elle prit fur le champ un parti : comme il étoit riche, elle lui dit qu'il n'y avoit qu'un moyen de s'attacher à elle, qui étoit de m'époufer : n'ofant refufer, il accepta la propofition ; & comme on avoit dit à ma tante qu'il aimoit fort la dépenfe, elle nous fit féparer de biens en nous mariant.

M. DE SAINT-ARLI.

Et il y confentit ?

Mad. DE PERANGIE.

Il fe piquoit de générofité ; il étoit léger,

E 3

agréable, cela ne lui fit rien du tout, le mariage fut conclu tout de suite.

Mad. DE SAINT-ARLI.

Cela n'étoit pas malheureux pour vous.

Mad. DE PERANGIE.

Non ; car je suis riche, & jouiffant de mon bien, j'en fais ce que je veux.

Mad. DE SAINT-ARLI.

Auffi, vous êtes toujours mife à ravir !

Mad. DE PERANGIE.

A vous dire vrai, c'eft une de mes plus grandes jouiffances, d'avoir tout ce qu'il y a de plus nouveau.

Mad. DE SAINT-ARLI.

Vous avez là une étoffe qui eft délicieufe !

Mad. DE PERANGIE.

Elle eft très-nouvelle ; je l'ai trouvée jolie, & j'en ai acheté fix autres de la même Manufacture, qui font charmantes !

Mad. DE SAINT-ARLI.

Je fuis bien aife de voir que vous ne vous mettez jamais en moufseline, en gaze, en linon.

Mad. DE PERANGIE.

Moi ! Ah ! mon Dieu, toujours : c'eft que je fuis aujourd'hui d'un fouper de nôces qui fe fera de bonne-heure ; & comme ces jours-ci il n'y a point de fpectacles, je me fuis habillée avant de fortir ; parce qu'il y aura bien des chofes, un opéra comique, de l'artifice, de la danfe, du jeu, tout ce qu'il y a de plus charmant !

Mad. DE SAINT-ARLI.

Je vois que vous menez la vie du monde la plus heureufe.

Mad. DE PERANGIE.

Quand je me porte bien.

Mad. DE SAINT-ARLI.

Vous me paroiffez de la meilleure fanté.

Mad. DE PERANGIE.

Aujourd'hui, je me trouve affez bien ; je voudrois être toujours de-même : mais des obftructions, des nerfs, qui me mettent fouvent dans l'état le plus déplorable, me rendent fort à plaindre.

Mad. DE SAINT-ARLI.

Cela eft très-malheureux.

Mad. DE PERANGIE.

Si vous voulez, cependant ; je n'en puis pas être abfolument fâchée ; car c'eft à cela que je dois ma liberté, le plaifir de faire tout ce que je veux, & moi j'appelle cela une jouiffance.

Mad. DE SAINT-ARLI.

C'eft la payer un peu cher.

Mad. DE PERANGIE.

Que voulez-vous ? Madame, vous faites-là un bien bel ouvrage ! à ce qu'il me paroît.

Mad. DE SAINT-ARLI.

C'eft un meuble, pour ma fille.

Mad. DE PERANGIE.

Moi, je ne fais plus que des gilets, tous les hommes m'en demandent. Je trouve que c'eſt un ouvrage charmant !

Mad. DE SAINT-ARLI.

Je n'en ſuis pas ſurpriſe, Madame, quand on a votre goût.

Mad. DE PERANGIE.

Ce n'eſt pas cela ; c'eſt qu'on a fait des bourſes ſi long-tems, que cela devenoit faſtidieux à la longue. Ah ! çà, Madame, je crains de vous avoir détournée.

Mad. DE SAINT-ARLI.

Point du tout, Madame, & je ſuis on ne peut pas plus flattée que vous vous ſoyez ſouvenue de moi.

Mad. DE PERANGIE.

Mais toujours, Madame, je vous prie de le croire. J'étois venue auſſi pour Madame votre fille ; c'étoit ce qui m'avoit fait ſortir ſi-tôt.

Mad. DE SAINT-ARLI.

Elle eft allée à une Comédie particulière.

Mad. DE PERANGIE.

Ah! elle eft bien heureufe! c'eft tout ce que j'aime! Ah! çà, Madame, je vous prie de ne pas vous déranger.

Mad. DE SAINT-ARLI.

Je vais paffer dans le fallon, Madame; je vous demande bien pardon de vous avoir reçue ici.

Mad. DE PERANGIE.

Par-tout où j'ai l'honneur de vous voir, je fuis toujours très-bien.

Mad. DE SAINT-ARLI.

Je connois votre honnêteté, & je vous en fais mille remerciemens.

Mad. DE PERANGIE.

Je vous affure que je fuis enchantée d'avoir eu le bonheur de vous trouver.

Mad. DE SAINT-ARLI.

Ma fille fera bien fâchée, quand elle faura que

vous vous êtes donné la peine de venir la chercher.

Mad. DE PERANGIE.

Où voulez-vous donc aller, encore?

Mad. DE SAINT-ARLI.

Allons, je vous laiffe; mais prenez bien garde au froid.

Fin de la première Journée.